AF457732

14 Février 1885.

CATALOGUE

DES

TABLEAUX ANCIENS

ET

REMARQUABLES BAS-RELIEFS

EN BOIS SCULPTÉ

REPRÉSENTANT LES BATAILLES D'ALEXANDRE

Œuvre exceptionnelle de Simon COGNOULLE, de Liège

VENTE HOTEL DROUOT, SALLE N° 8

Le Samedi 14 Février 1885

A DEUX HEURES ET DEMIE

EXPOSITIONS

PARTICULIÈRE
Le Jeudi 12 Février 1885

PUBLIQUE
Le Vendredi 13 Février 1885

DE DEUX A CINQ HEURES

Me BOULLAND
COMMISSAIRE-PRISEUR
26, rue des Petits-Champs

MM. HARO ✻ et FILS
PEINTRES-EXPERTS
20, rue Bonaparte, et rue Visconti, 14

1885

BOURLOTON. — IMPRIMERIES RÉUNIES, A, RUE MIGNON, 2, PARIS.

CATALOGUE

DES

TABLEAUX ANCIENS

ET

REMARQUABLES BAS-RELIEFS

EN BOIS SCULPTÉ

REPRÉSENTANT LES BATAILLES DALEXANDRE

Œuvre exceptionnelle de Simon COGNOULLE, de Liège

DONT LA VENTE AURA LIEU

HOTEL DROUOT, SALLE N° 8

Le Samedi 14 Février 1885

A DEUX HEURES ET DEMIE

EXPOSITIONS

PARTICULIÈRE
Le Jeudi 12 Février 1885

PUBLIQUE
Le Vendredi 13 Février 1885

DE DEUX A CINQ HEURES

Me BOULLAND
COMMISSAIRE-PRISEUR
26, rue des Petits-Champs

MM. HARO ✻ et Fils
PEINTRES-EXPERTS
20, rue Bonaparte et rue Visconti, 14

1885

CE CATALOGUE SE DISTRIBUE

A PARIS CHEZ

Me BOULLAND	MM. HARO ✻ ET FILS
COMMISSAIRE-PRISEUR	PEINTRES-EXPERTS
26, rue des Petits-Champs	20, rue Bonaparte et rue Visconti, 14

CONDITIONS DE LA VENTE

Elle sera faite au comptant.

Les acquéreurs payeront *cinq pour cent* en plus du prix d'adjudication.

La remarquable collection des batailles d'Alexandre d'après les compositions de Charles Le Brun que nous présentons au public, forme une suite de panneaux de bois sculpté en bas-reliefs par Simon Cognoulle, de Liège. Cette collection est doublement intéressante comme curiosité et comme document pour l'histoire de l'art.

Cognoulle fut le premier sculpteur sur bois de son époque; on a fort peu de détails sur sa vie et sur son œuvre.

Dans les mémoires de littérature et d'histoire du baron de Villenfagne publiés en 1778, il est dit: « Coignoul était un des bons sculpteurs en bas-relief de notre siècle; après sa mort, arrivée il y a une trentaine d'années, on trouva chez lui six morceaux superbes de sa composition; sa veuve les envoya à Bruxelles et les fit voir à Son Altesse le prince Charles de Lorraine, gouverneur des Pays-Bas autrichiens, qui, juste appréciateur des beaux-arts, en donna trois cents souverains. Coignoul avait choisi tous sujets intéressants et difficiles à exécuter: je n'en nommerai que trois: Josué au milieu de son armée arrêtant le soleil, le massacre des Innocents et le passage de la mer Rouge: *on m'a rapporté que l'on conservait précieusement dans le cabinet du roi de France les batailles d'Alexandre sculptées en relief, d'après Le Brun, par Coignoul.* »

Dans un autre mémoire sur la sculpture aux Pays-Bas pendant les dix-septième et dix-huitième siècles, par Edmond Marchal, il y est dit (p. 160) :

« Vers 1730, florissait à Liège *Simon Cognoulle* ou Coinoulle, qui s'était acquis une certaine réputation, surtout par des bas-reliefs dont quelques-uns figuraient, dit Dartois, à l'ancien palais des gouverneurs des Pays-Bas brabançons. D'après cet auteur, le gouvernement, craignant l'invasion des Français, les avait fait placer sous les planches (*sic*) du palais ; mais ceux-ci, dès leur arrivée à Liège, les découvrirent et les firent passer en Russie. Quelques-uns cependant leur ont échappé. J'en ai vu, ajoute-t-il, une partie dans ledit palais. »

Cognoulle Simon et non pas *Coignoul*, comme le prouve sa signature gravée dans notre panneau : *Alexandre à Babylone*, a été le plus grand sculpteur sur bois du dix-huitième siècle. Ce qui nous frappe dans les différentes notes que nous avons recueillies ou qui nous ont été communiquées, c'est que ces batailles d'Alexandre, sculptées en bas-relief, faisaient partie du cabinet du Roi de France, où elles étaient conservées précieusement.

Maintenant que ces sculptures sont revenues de l'étranger, espérons qu'elles seront acquises par nos amateurs ou qu'elles prendront une place définitive dans nos collections nationales.

HARO et Fils.

BAS-RELIEFS

EN BOIS SCULPTÉ

BAS-RELIEFS EN BOIS SCULPTÉ

1. — LE PASSAGE DU GRANIQUE.

LA VERTU SURMONTE TOUT OBSTACLE

Alexandre, ayant passé le Granique, attaque les Perses à forces inégales et met en fuite leur innombrable multitude.

VIRTUS OMNI OBICE MAJOR

Alexander, superato Granico, Persas imparibus copiis aggreditur, eorumque innumerabilem exercitum fundit.

Alexandre, traversant le Granique à la tête de son armée, en vue des milliers d'hommes de cavalerie et d'infanterie qui couvraient le rivage opposé, parut le premier à l'autre bord. Les ennemis se précipitèrent sur lui et sur ceux qui l'avaient suivi, sans leur laisser le loisir de se mettre en bataille. Alexandre fut d'abord frappé d'un javelot qui ne traversa pas sa cuirasse. Deux capitaines perses, Rœsaces et Spithridates, l'attaquèrent à la fois, tandis que Spithridates, le prenant en flanc, s'apprêtait à lui fendre la tête d'un coup de hache, lorsque Clytus détourna le coup fatal et le tua. Alexandre à cheval, l'épée à la main, vient de frapper Rœsaces ; derrière lui Clytus, armé d'une hache, pare le coup que Spithridates va asséner sur le casque d'Alexandre. On aperçoit dans le fond l'armée macédonienne, qui passe le fleuve à gué.

Bas-relief sculpté en bois.
D'après Charles Le Brun, collection de Louis XIV.
Composition gravée par Girard Audran en 1672.

H., 0^{m},63. L., 1^{m},38.

2. — LA BATAILLE D'ARBELLES.

LA VERTU EST DIGNE DE L'EMPIRE DU MONDE

Alexandre, après plusieurs victoires, défit Darius dans la bataille qu'il donna près d'Arbelles, et ce dernier combat ayant achevé de renverser le trône des Perses, tout l'Orient fut soumis à la puissance des Macédoniens.

DIGNA ORBIS IMPERIO VIRTUS

Post multas victorias virtute sua partas ultimo ad Arbelam prælio Darium fugat Alexander, eaque clade funditus everso Persarum solio, totus Oriens in potestatem macedonici cessit imperii.

« Darius était sur un char, Alexandre à cheval ; tous deux étaient environnés de gens d'élite. Chacun d'eux était résolu à mourir sous les yeux de son roi ; cependant les plus exposés étaient ceux qui le serraient de plus près, car chacun briguait l'honneur de tuer le roi ennemi de sa main. Au reste, soit illusion, soit réalité, ceux qui étaient près d'Alexandre crurent avoir vu, un peu au-dessus de la tête de ce prince, un aigle voler paisiblement, sans être effrayé ni du bruit des armes, ni des gémissements des mourants; du moins, dans le fort de l'action, le devin Aristandre, revêtu de sa robe blanche et montrant une branche de laurier, montra-t-il cet oiseau aux soldats comme un augure infaillible de leur victoire. L'ardeur et la confiance la plus grande renaît alors ; elle redoubla surtout quand le conducteur de Darius ayant été percé d'une javeline, ni Perses, ni Macédoniens ne doutèrent que ce ne fût le roi lui-même qui avait été tué..... Ce n'était déjà plus un combat, mais une boucherie, lorsque Darius tourna aussi son char pour prendre la fuite. » (Quinte-Curce, liv. IV.)

Bas-relief sculpté en bois.
D'après Charles Le Brun, collection de Louis XIV.
Gravé par Girard Audran en 1674.

H., $0^m,63$. L., $1^m,56$.

3. — LA TENTE DE DARIUS.

IL EST D'UN ROY DE SE VAINCRE SOI-MÊME	SUI VICTORIA INDICAT REGEM
Alexandre, ayant vaincu Darius près la ville d'Issus, entre dans une tente où étaient la mère, la femme et les filles de Darius, où il donne un exemple singulier de retenue et de clémence.	Alexander, Dario ad Issum victo, tabernaculum Reginarum ingreditur, ubi singulare clementiæ ac continentiæ præbet exemplum.

Alexandre, vainqueur et maître du camp des Perses après la bataille d'Issus, visite, accompagné seulement d'Ephestion, les princesses demeurées prisonnières. La reine, épouse de Darius, lui présente son fils. Statira et sa jeune sœur se jettent à ses pieds. Sisygambis, mère du monarque vaincu, confuse d'avoir pris Ephestion pour Alexandre, reçoit du héros cette réponse : *Non, ma mère, vous ne vous êtes pas trompée, celui-ci est un autre Alexandre.* Une suite nombreuse de femmes, de prêtres, d'eunuques, expriment, par leurs gestes et par l'altération de leurs traits les sentiments de crainte, d'espoir ou d'admiration dont ils sont pénétrés.

« La même année 1660, le roi étant à Fontainebleau commande à M. Le Brun de travailler sur quelque sujet tiré de l'histoire d'Alexandre, et Sa Majesté voulut bien se faire un plaisir de donner quelques moments de ses heures de relâche pour le voir peindre; ainsi elle le fit loger dans le château, et si proche de son appartement, qu'elle le venait voir dans des moments inopinés lorsqu'il tenait le pinceau à la main, et daignait même s'entretenir avec lui sur les grandes actions de ce héros.

« M. Le Brun y fit le tableau de la famille de Darius, et y représenta Alexandre qui, sortant victorieux de la bataille d'Issus, vient rendre visite aux princesses de la maison royale de Perse, que cette victoire avait faites captives. Ce tableau jeta les fondements de la fortune que M. Le Brun fit auprès du roi. »

(Guillet de Saint-Georges, *Mémoires inédits sur la vie et les ouvrages des membres de l'Académie royale*, t. I, p. 24, 25, 26.) « Le Roi voulut voir jusqu'où pouvait aller la force de génie de ce peintre et l'obligea à peindre sur-le-champ la tête de Parysatis, ce qu'il fit au premier coup et avec succès. » (Florent Lecomte, t. III, p. 132.) Felibien dit que cette peinture fut placée à Versailles, dans le Salon de Mars, et ensuite aux Tuileries, sur la cheminée du grand cabinet du roi, en face du tableau des Pèlerins d'Emmaüs de Paul Véronèse.

Bas-reliefs sculptés en bois.
D'après Charles Le Brun, collection de Louis XIV.
Gravé par Gérard Edelinck, — par G. Audran. —

H., 0^m,61. L., 0^m,90.

4. — ALEXANDRE ET PORUS.

LA VERTU PLAIST QUOIQUE VAINCUE

Alexandre n'est pas seulement touché de compassion en voyant la grandeur d'âme du roi Porus, qu'il a vaincu et fait son prisonnier, mais il lui donne des marques honorables de son estime, en le recevant au nombre de ses amis et en lui donnant ensuite un plus grand royaume que celuy qu'il avait perdu.

SIC VIRTUS ET VICTA PLACET

Pori Regis victi, captique magnanimitatem non misericordia modo, sed honore prosequitur Alexander, illumque in amicorum numerum recipit, mox donat ampliore regno.

Porus, roi des Indiens limitrophes, ayant tenté d'arrêter l'armée des Macédoniens au bord de l'Hydaspe, fut vaincu et fait prisonnier, après avoir perdu ses deux fils, ses généraux, douze mille Indiens et quatre-vingts éléphants. Couvert de blessures, mais respirant encore, il fut amené devant Alexandre, qui « luy demanda comment il le traiteroit. Porus lui répondit qu'il le traittast royalement. Alexandre luy redemanda s'il vouloit rien dire davantage, et il respondit derechef que le toust se comprenoit soubs ce mot royalement. Par quoy Alexandre ne luy laissa pas seulement les provinces dont il estoit roy auparavant, mais aussi luy adjousta beaucoup de païs ». (Plutarque, traduction d'Amyot.)

Alexandre, à cheval et suivi des principaux chefs de son armée, étend la main vers Porus, que soutiennent trois soldats ; plus loin, un cavalier macédonien traîne un prisonnier attaché à la queue de son cheval, et d'autres captifs sont maltraités par des soldats. On aperçoit dans le fond le champ de bataille couvert des débris de l'armée indienne.

Bas-reliefs sculptés en bois.
D'après Charles Le Brun, collection de Louis XIV.
Gravé par Girard Audran en 1676.

H., 0m,65. L., 1m,57.

5. — PORUS COMBATTANT.

LA VRAIE VALEUR EST TOUJOURS INVINCIBLE

Porus, abandonné des siens, blesse plusieurs de ceux qui l'environnent, tue le frère de Taxile, et, après ce dernier effort de courage, il tombe lui-même accablé de coups de dessus son éléphant.

VIRTUS TIMORI NESCIA SORDIDI

Porus destitutus a pluribus, tela in circumfusos ingerens, multis eminus vulneratis Taxiles fratrem interemit, et, hoc ultimo virtutis opere edito, ipse novem vulneribus confossus ex elephante dilabitur.

Cette composition ayant pour sujet Porus combattant a été gravée également par G. Audran d'après Le Brun, mais le tableau n'a pas été exécuté.

Bas-reliefs sculptés en bois.

H., 0m,65. L., 1m,14.

6. — ENTRÉE D'ALEXANDRE DANS BABYLONE.

AINSI PAR LA VERTU S'ÉLÈVENT LES HÉROS

Entrée triomphante d'Alexandre dans Babylone au milieu des concerts de musique et des acclamations du peuple.

SIC VIRTUS EVEHIT ARDENS

Alexander Babilonem sibi deditam, Triumphali curru sublimis, inter civium acclamationes et concentus ingreditur.

« La plupart des Babyloniens s'étoient placés sur les murailles, dans l'impatience de connoître leur nouveau roi. Plusieurs étoient allés au-devant de lui, et de ce nombre étoit Bagophanes, gouverneur de la forteresse et garde du trésor royal, qui avoit fait joncher toute la route de fleurs et de couronnes, et disposer des deux côtés des autels d'argent, chargés non seulement d'encens, mais de toutes sortes de parfums : après lui suivoient ses présents, qui consistoient en troupeaux et en chevaux. Venoient ensuite les mages, chantant des vers sur le mode du pays ; ils étoient suivis des Chaldéens, puis des devins de Babylone et même des musiciens, chacun avec les instruments de sa profession. La cavalerie babylonienne marchoit la dernière, hommes et chevaux dans un appareil plutôt de luxe que de magnificence. Le roi, au milieu de ses gardes, fit marcher le peuple à la suite de son infanterie ; il entra sur un char dans la ville et se rendit de suite au palais. » (Quinte-Curce, liv. V.)

Alexandre est debout sur un char enrichi d'or et d'ivoire, traîné par des éléphants richement caparaçonnés ; il tient d'une main un sceptre d'or surmonté de la figure de la Victoire et de l'autre son épée. Sur le devant, un cavalier donne des ordres à deux esclaves qui portent sur un brancard un vase d'or ciselé.

D'après Charles Le Brun, collection de Louis XIV.
Gravé par Girard Audran en 1675.
Bas-reliefs sculptés en bois.
Signé à droite sur un tertre, *Simon Cognoulle fecit. Liège.*
H., 0^m,61. L., 0^m,90.

TABLEAUX

ANCIENS

TABLEAUX ANCIENS

ÉCOLE ALLEMANDE

7. — **Portrait de Marie-Antoinette d'Autriche.**

Elle est représentée toute jeune, au moment de son mariage, en costume de cour, cheveux poudrés.

Marie-Antoinette d'Autriche épousa en 1770 Louis XVI, alors duc de Berry et dauphin de France.

Ce curieux portrait peint à Vienne est un véritable document historique, tant par la ressemblance intime que par la fidélité du costume.

T. — H., 0^m,61. L., 0^m,42.

BRUN (Elisabeth-Louise, Vigée Le)

8. — **Portrait de Mme Desradret, petite-fille de Jean Racine.**

Signé à droite L. Vigée et daté.

Pastel ovale. — H., 0^m,61. L., 0^m,48.

BOUCHER

?

9. — Jeune femme tenant un masque.

Elle est représentée debout, vue de face, et à mi-corps en toilette rose et tenant un masque de la main gauche.

Dans une publication artistique ce charmant tableau a été gravé et catalogué, comme étant le portrait de Marie-Madeleine Guimard. Cette célèbre danseuse, née à Paris en 1743, morte en 1816, entra en 1762 à l'Opéra, où elle éclipsa bientôt toutes ses rivales et eut longtemps une vogue exceptionnelle. Elle fit époque dans les annales du scandale comme dans celles de l'art.

Très beau cadre en bois sculpté.

T. ovale. — H., 0^m,62. L., 0^m,56.

NATTIER (Jean-Marc)

10. — Portrait de Mme Louise Élisabeth de France, Duchesse de Parme.

Elle est vue de face, les cheveux poudrés, légèrement fardée suivant la mode du temps, avec draperie bleue posée en écharpe. Fond de paysage.

Cadre bois sculpté.

Nattier a peint les filles du roi Louis XV sous des figures allégoriques représentant les quatre éléments. Ces diverses compositions ont été gravées par Bachelou, etc.

T. — H., 0^m,78. L., 0^m,63.

KEYSER (Théodore de)

11. — Portrait d'homme.

Il est représenté assis, vêtu de noir, avec un manteau de fourrure; il tient une lettre de la main droite et le bras gauche est appuyé sur une table recouverte d'un tapis de velours.

B. — H., 0^m,43. L., 0^m,32.

12. — Portrait de dame.

Ce portrait représente la femme du personnage précédent, assise près de la même table, ayant à ses pieds son petit chien favori.

B. — H., 0^m,43. L., 0^m,32.

LOO (Louis-Michel)

13. — Portrait de Louis-Joseph, prince de Condé.

Il est représenté debout, décoré de l'ordre du Saint-Esprit et en costume de guerre; la main droite appuyée sur son casque et la gauche sur la garde de son épée.

Ce prince servit avec distinction dans la guerre de Sept Ans et contribua au gain de la bataille de Johannisberg en 1763. C'est à lui que l'on doit la construction du palais Bourbon, aujourd'hui Corps législatif.

T. — H., 1^m,35. L., 1^m,02.

LOO (Louis-Michel)

14. — Portrait de Louis XV.

Il est représenté debout, cuirassé, la main droite appuyée sur un bâton fleurdelisé.

T. — H., 1^m,35. L., 0^m,98.

NEEFS (Pierre) le Vieux

15. — Intérieur de la cathédrale d'Anvers.

Composition enrichie de nombreuses figures et de détails intéressants.

Signé sur la marche du Baptistère.

T. — H., 0^m,62. L., 0^m,86.

PRIMATICO (François) dit le Primatice (attribué à)

16. — Joseph et la femme de Putiphar.

B. — H., 1^m,02. L., 1^m,56.

17. — Lucrèce et Sextus, fils de Tarquin.

Très curieux tableaux et belle conservation.

B. — H., 1^m,02. L., 1^m,56.

ROBERT (Hubert)

18. — Intérieur de la prison de Saint-Lazare (1793).

T. — H., 0^m,39. L., 0^m,32.

TENIERS le jeune (David)

19. — Intérieur de la cuisine de l'archiduc Albert.

Il y a apparemment réception de gala au palais, à en juger par le nombre de pièces de gibier et les victuailles de toute nature, qui encombrent la cuisine.

Au milieu, quatre cerfs ou chevreuils, des lièvres, des canards, des perdrix et divers oiseaux morts jonchent le sol.

Le maître cuisinier, agenouillé, dépèce un cerf en parlant à un valet, debout devant lui, qui porte derrière le dos un lièvre pendu à un bâton ; près d'eux, à droite, un couperet planté sur un billot.

A gauche, au premier plan, un banc, sur lequel deux quartiers de bœuf et un broc d'étain.

Près du banc, à terre, divers gibiers de plume, des ustensiles en grès et des légumes.

Plus loin, à gauche, derrière un étal, un aide de cuisine trousse une volaille et prépare différentes viandes.

Des gigots sont accrochés au mur et des volailles à un garde-manger suspendu au plafond.

Au fond, devant une vaste cheminée, deux autres cuisiniers soignent la cuisson de quatre brochées de rôtis.

Une servante, portant un plat et un cruchon de grès, entre par une porte, à droite.

Par un vasistas ouvert en haut, à droite, une vieille femme regarde ce qui se passe dans la cuisine.

Importante composition de la plus belle qualité de ce maître.

Signée au bas, à gauche.

T. — H., 0^m,89. L., 1^m,33.

M. Paul Mantz, dans la préface du même catalogue de la collection de la galerie M. John. W. Wilson vendue en mars 1881, avenue Hoche, s'exprime ainsi :

« L'un des Teniers de M. Wilson, est exceptionnel : c'est *la Cuisine de l'archiduc Léopold*. On ne mourra pas de faim dans une maison aussi richement approvisionnée. Sur le carreau, s'entassent de grosses pièces de gibier, animaux à bon droit mélancoliques, dont le peintre s'est complu à reproduire exactement les formes, le pelage, et on dirait volontiers le mouvement, si ces pauvres bêtes n'étaient immobilisées par la mort. On sait chez Teniers la virtuosité de la touche. Son pinceau a couru agile et preste au milieu de cette cuisine. »

TIEPOLO

?

20. — Apollon et les Arts.

Esquisse pour un plafond.

T. — H., 0^m,47. L., 0^m,53.

VELDE (VAN DE)

21. — **Marine.**

Charles II reconnu roi d'Angleterre est ramené en 1660 des Pays-Bas par les flottes anglaise et hollandaise.

Le moment représenté par l'artiste est celui où les deux flottes se rencontrent et échangent les saluts d'usage.

Tableau décoratif et du plus grand intérêt pour l'histoire maritime et l'architectnre navale.

T. — H., $1^m,38$. L., $2^m,10$.

ÉCOLE FRANÇAISE

22. — **Plafond (esquisse).**

Forme ovale. — H., $0^m,70$. L., $0^m,54$.

---

23. — **Sous ce numéro les tableaux non catalogués.**

AQUARELLES

CHARLIER

24. — Amour moqueur.

Debout, son carquois à ses pieds, il montre sa flèche.
Aquarelle et gouache.

FRAGONARD

25. — Intérieur de parc avec petites figures très délicatement peintes.

Aquarelle et gouache.

LOO (Carle Van)

26. — L'Architecture. Allégorie.

Dessin et aquarelle.

27. — La Peinture. Allégorie.

Dessin et aquarelle.

Bourloton. — Imprimeries réunies, A. rue Mignon, 2, Paris.

www.ingramcontent.com/pod-product-compliance
Ingram Content Group UK Ltd.
Pitfield, Milton Keynes, MK11 3LW, UK
UKHW020528180726
13839UKWH00005B/2383

9 782329 450445